GRACIAS

El pavo de Thanksgiving

por Joy Cowley

ilustrado por Joe Cepeda

traducido por Susana Pasternac

SCHOLASTIC INC.

New York Toronto London Auckland Sydney

*Para mi editora, Phoebe Yeh, que tan bien hace resaltar
lo mejor de una historia.*
—JC

Para Juana.
Gracias por encontrarme al fin.
—Joe

Originally published in English as *Gracias, The Thanksgiving Turkey*.

ISBN 0-590-39964-0

Text copyright © 1996 by Joy Cowley.
Illustrations copyright © 1996 by Joe Cepeda.
Translation copyright © 1998 by Scholastic Inc.
All rights reserved. Published by Scholastic Inc.
MARIPOSA Scholastic en Español and logo are trademarks and/or registered trademarks of Scholastic Inc.

12 11 10 9 8 7   5 6 7/0

Printed in the U.S.A.

First Scholastic printing, October 1998

—Papá me mandó un regalo —les dijo Miguel a sus compañeros al llegar a la escuela—. Iré a buscarlo con mi abuela a la estación de trenes.

—¡Qué bien!, Miguel —dijo su maestra—. ¿Ya sabes qué es?

—Quizá unos patines o un guante de béisbol —dijo Miguel—. Será algo muy bueno, porque me lo manda mi papá.

—El papá de Miguel tiene un enorme camión remolque rojo y plateado, y viaja por todo el país —explicó Clarene, la mejor amiga de Miguel.

La abuela y la tía Rosa fueron a la estación de trenes con
Miguel.

Los esperaba una enorme caja con agujeros. Por uno de
ellos se asomaba una cabeza con pico y ojos.

—*It's a bird!* —gritó Miguel.

Sobre la caja había un mensaje: "Engorden este pavo
para *Thanksgiving*. Vendré a casa para comerlo con ustedes.
Love, Papá."

Cuando el abuelo de Miguel vio el pavo, dijo:

—¡No podemos quedarnos con él! Los apartamentos de Nueva York no son granjas.

—¡Qué problema! —dijo la tía Rosa—. Mi hermano sí que está *crazy*.

—Es mi pavo y yo lo quiero —dijo Miguel—. Lo llamaré Gracias.

Por fin, el abuelo dijo que podían quedarse con el pavo.

—Le hace falta una casa. Ven, le haremos una jaula en el patio para que pueda conversar con las palomas.

En la biblioteca, Miguel encontró un libro sobre pavos. Leyó que los pavos escarban el suelo para buscar comida. Les gustan los granos y también las plantas verdes.

Clarene y Miguel fueron al *Central Park*. El guardián les dio bolsas de pasto recién cortado.

El señor y la señora Chatterjee guardaron para ellos los restos de lechugas y repollos de su verdulería. Pronto todo el barrio se enteró de Gracias.

—¡*Hi*, Clarene!, ¡*Hi*, Miguel! —dijo la oficial de policía Deveraux. ¿Cómo va el pavo?, ¿está engordando bien?

—*Yes, ma'am* —dijo Miguel.

—Si crece mucho y no entra en tu horno, me lo puedes dar a mí —dijo la oficial Deveraux—. Mi horno es más grande.

Gracias creció y se hizo amigo de Miguel. Cuando veía
venir a Miguel lo recibía con un alegre glugluteo y comía de
su mano.

—Puedes sacar a Gracias de la jaula, siempre que limpies
cuando ensucie —le dijo la abuela a Miguel.

Miguel quería sacar a pasear su pavo y el abuelo le fabricó
un anillo para que pudiera atarle un cordón a la pata.

—Así no irá a parar al horno de nadie —le dijo el abuelo.

A Miguel no le gustaba mucho que hablaran de hornos y le escribió una carta a su papá. "¿Podríamos comprar otro pavo para *Thanksgiving*? ¿Uno que ya esté muerto?" Pero no recibió ninguna respuesta.

En la iglesia, Miguel encendió dos velas: una para su papá y otra para Gracias.

—*Please, God* —rogó—, cuida que no les pase nada.

La tía Rosa también encendió una vela: —Pobre niño —dijo.

Las hojas se cayeron de los árboles. El tiempo se puso frío. La abuela hizo una manta para la jaula.

—¿Para qué? —dijo el abuelo—. Falta poco para *Thanksgiving*.

—La gente no debería comerse a sus mascotas —dijo Miguel.

—Es un pavo —dijo la abuela—. Para eso están los pavos.

—¡Gracias es mi amigo! —dijo Miguel—. ¡Lo quiero mucho!

Un sábado por la tarde, Clarene vino a ver un partido de
fútbol con Miguel. De pronto, escucharon un ruido. Un ruido
más fuerte que el de la televisión.

Miguel se levantó de un salto: —¡Gracias! —gritó.

Salieron corriendo. La jaula estaba vacía. Un muchacho corría por la calle con el pavo aleteando bajo el brazo.

—¡Gracias! —llamó Miguel.

—¡Devuelve ese pavo! —gritó Clarene.

Todo el barrio ayudó a Miguel y a Clarene a buscar a Gracias, pero no encontraron ni siquiera una pluma.

La señora Chatterjee dijo: —¿Cómo pudieron robarte el pavo? ¡Qué barbaridad!

—*Don't worry!* —dijo el señor Chatterjee—. Tengo pavos congelados en la tienda. Te regalaré uno.

Miguel sacudió la cabeza y comenzó a llorar.

—Volvamos a casa —dijo Clarene, tomándolo de la mano.

Esa noche, llamaron a la puerta. Era la oficial Deveraux con una bolsa en los brazos que se movía y glugluteaba.

—¡Gracias! —gritó Miguel.

—Encontré este pavo en una zona de estacionamiento prohibido —dijo la oficial Deveraux—. No tuve más remedio que arrestarlo.

Miguel tomó a Gracias en sus brazos y lo abrazó.

La oficial Deveraux dijo: —Yo en tu lugar, no dejaría un pavo así de gordo en el patio. Esta vez logró escaparse, pero la próxima vez, no contará el cuento.

—*Yes, ma'am* —dijo Miguel.

La abuela dijo que Gracias podía quedarse en el baño.

—Pero tendrás que limpiar la jaula todos los días.

—¿Me tendré que bañar con un pavo? —protestó el
abuelo—. ¡Ay, ay, ay!

Miguel llevó la jaula al baño y le puso una medalla bendita.

—Así no te ocurrirá nada malo, *my friend* —dijo.

A la mañana siguiente, Miguel estaba jugando en la calle
con Gracias cuando llegó la hora de ir a misa.

—¡Ve a buscar tu chaqueta! —dijo la abuela—. Yo llevaré
adentro el pavo. ¡Vamos! *Hurry!* que llegamos tarde a misa.

Pero en el apuro, la abuela se olvidó de Gracias.

El Padre Jaime estaba diciendo las plegarias cuando se escuchó un glugluteo en el pasillo central de la iglesia. Gracias había venido a buscar a Miguel.

Todo el mundo se echó a reír. Miguel se puso colorado, se
levantó del banco y tomó a Gracias en sus brazos.

El Padre Jaime preguntó: —¿Éste es tu pavo, Miguel?

—Sí, Padre —dijo Miguel—. Lo siento, Padre. Debe haberme seguido.

—Dios hace a los niños y Dios hace a los pavos —dijo el Padre Jaime con una sonrisa—. Quédate quieto mientras los bendigo a los dos.

De regreso a la casa, el abuelo se reía: —¡Habrá pollo para la cena de *Thanksgiving*!

—¿Pollo? —dijo Miguel intrigado.

—No podemos comer un pavo bendecido —dijo la abuela.

—¿Crees que a papá le gustará comer pollo? —preguntó Miguel.

—Si es que llega —dijo la tía Rosa. La abuela la miró y dijo: —Sí, sí, claro que le gustará comer pollo.

En el desfile de *Thanksgiving* hubo bandas de música y globos grandes como casas. El abuelo sentó a Miguel sobre sus hombros para que pudiera ver y unos payasos le tiraron papel picado.

   —¿A papá le gustaban los desfiles cuando era grande como yo? —le preguntó al abuelo.

   —*Sure!* Y a Rosita también. Los llevaba sentados, cada uno en un hombro —le dijo el abuelo a Miguel.

En el apartamento había olor a pollo y a pan de maíz. La abuela trajo la salsa a la mesa.

—*Please*, ¿podemos esperar un poco más? —preguntó Miguel.

—Ya hemos esperado dos horas, hijo —dijo la abuela.

La familia se sentó a la mesa y miró cómo el abuelo cortaba el pollo y bendecía la comida.

La abuela levantó su copa: —Doy gracias por esta comida, y por esta familia. Doy gracias por este barrio y por este país.

—¡Bravo, mamá! —dijo la tía Rosa.

Miguel levantó su vaso de leche y dijo: —Doy gracias por papá y también por Gracias.

—¿Dónde está ese pájaro? —dijo el abuelo. Salió de la habitación y fue a buscar a Gracias.

El abuelo sentó a Gracias en una silla al lado de Miguel y le puso un plato de pan de maíz en la mesa. Gracias comió del plato. Pic, pic, pic.

—Ahora sí que hay pavo en la mesa —dijo el abuelo, riendo

—Hablamos con la gente de un *petting zoo* —le dijo la abuela a Miguel—. Dijeron que le harían un lugar para vivir.

—¿Un zoológico? —dijo Miguel.

—Podrás visitarlo todas las semanas —dijo la abuela.

—Y ya no tendré que lavarme los dientes con plumas de pavo —agregó el abuelo.

Después de cenar, Miguel se sentó en el suelo y puso a Gracias en su regazo.

—En el zoológico no se comen a los pavos —le dijo.

Miguel bostezó. Había comido tanto pollo y pan de maíz que empezó a tener sueño.

—Iré a verte todos los sábados —le dijo.

Miguel bostezó nuevamente. Se le cerraban los ojos del sueño. ¡Tu-uu-uu! ¡Tu-uu-uu! Gracias voló asustado. ¡Tu-uu-uu! Miguel corrió a la ventana.

Un enorme camión rojo y plateado estaba estacionado afuera. Papá había llegado a casa.

Glosario

Central Park	Parque Central
Crazy	loco
Don't worry	no te preocupes
Hi!	¡hola!
Hurry	deprisa
It's a bird	es un ave
Love	cariños
My friend	mi amigo
Petting zoo	zoológico de la granja
Please, God	por favor, Señor
Sure	por supuesto
Thanksgiving	Acción de Gracias
Yes ma'am	sí, señora